Chansons

de

Vincard

CHANSONS DE VINÇARD.

APPEL.

AIR : *De la Révolte au Sérail* (quadrille de Musard).

Alerte, alerte,
Alerte,
Enfants
De la grande patrie,
Soldats de l'industrie
Garde à vous! à vos rangs!

A nous, à nous,
Plus de courroux,
Prolétaires
De toutes terres,
Plus d'agresseurs
Ni d'oppresseurs,
Mêlons et nos vœux et nos cœurs;
C'est Dieu qui nous révèle
Ses décrets d'avenir,
Dans une foi nouvelle
C'est lui qui vient tous nous unir.
Alerte, etc.

1

Eh ! quoi ! des pleurs
Et des clameurs,
Des misères,
D'affreuses guerres ?
Sors du néant,
Peuple géant,
Viens combler ce gouffre béant,
De ta voix méconnue,
Que l'accent solennel
Porte jusqu'à la nue
Notre religieux appel.

Alerte, etc.

Va, c'est en vain
Qu'en son dédain
L'oisif raille
De qui travaille :
Toi seul est Roi,
Réveille-toi,
Producteur, impose ta loi ;
Montre par la pratique
Au siècle écrivailleur,
L'avenir pacifique
Qui s'ouvre pour le travailleur.

Alerte, etc.

Debout, marchons :
Et dépêchons
Notre zèle,
La terre est belle,
Par nos sueurs

Et nos labeurs
Couvrons-là de fruits et de fleurs ;
Mission glorieuse !
A chaque pas laissons
Pour la plèbe glaneuse
D'immenses et riches moissons.
    Alerte, etc.

    Bas les créaux,
    Les arsenaux,
    Les barrières,
    Murs et frontières !
    A nos accents
    Retentissants
Tombez, bastions menaçants.
Balayons, d'un vieil âge,
Les débris chancelants,
De jours exempts d'orage
Posons les sacrés fondements.
    Alerte, etc.

    Plus de repos ;
    Que nos marteaux
    Assourdissent,
    Qu'ils retentissent,
    Concert divin.
    Sous notre main.
Mugissent le fer et l'airain.
Va, bruyante harmonie,
Ta parole de feu
Nous annonce la vie

Qui s'élance du sein de Dieu !
    Alerte, etc.

    Aux saints transports
    De nos efforts,
    Tout s'inspire,
    Naît et respire ;
    Sortez canaux ,
    Chantiers, vaisseaux,
Du sein de la terre et des eaux.
    C'est qu'il a la voix grande,
    Le peuple, en ses débats,
    Et toujours il commande
Du cœur, de la tête et des bras !
    Alerte, etc.

    O règne heureux
    Et glorieux,
    D'abondance,
    D'indépendance !
    Plus de baillons,
    Plus de haillons
Pour nos populeux bataillons,
    Du fruit de nos conquêtes
    Nous aurons larges parts,
    Chanvre, épis et retraites
Pour nos mères et nos vieillards.
    Alerte, etc.

    Oui, des amours

Et des beaux jours
Espérance,
L'ère s'avance;
Espoir bien doux,
Rallions-nous,
Elle aura du bonheur pour tous
Croyez-en nos prophètes,
Femmes et producteurs,
Aux banquets de nos fêtes
Vous aurez les places d'honneur.

Alerte, etc.

Mais, pour qu'enfin
Notre destin
Soit propice
Et s'accomplisse,
Point de retards,
De toutes parts
Accourez sous nos étendards.
Qu'importent les bannières,
Les partis, la couleur,
Ne sommes-nous pas frères
En honte, en misère, en douleur!

Alerte, alerte,
Alerte,
Enfants
De la grande patrie,
Soldats de l'industrie,
Garde à vous! à vos rangs!

LE
JOUR DE L'AN.

AIR : *De la grande Orgie.*

Vive l'élan
Du jour de l'an,
En masse
L'on grimace ;
Plus d'une bouche
Impunément, —
Très poliment,
A tout moment,
Ment.
Ce jour charmant
Est, vraiment,
D'un tendre attachement,
La preuve incontestable ;
Chacun, pressant,
Caressant,
Tout bas, s'en va disant :
Quel joug insupportable !
Vive l'élan, etc.

Fut-il minuit,
Jour ou nuit,
N'importe ! à bas du lit !
Cette fête est majeure !
Pour des souhaits
Si parfaits,
On ne saurait jamais

Se lever trop bonne heure.
Vive l'élan, etc.

Habits, chapeaux,
Schalls, manteaux,
Futiles oripeaux,
Ornent et dos et tête ;
Petit et grand
Va montrant,
D'un sensible parent,
Le cœur..... et la toilette.
Vive l'élan, etc.

Respectueux
Dans ses vœux
Le neveu vertueux
De riche et vieille tante,
S'attendrissant,
Va disant :
Las ! je pleure en pensant
Qu'elle est si bien portante.
Vive l'élan, etc.

Chaque bambin,
Bien certain
Qu'en cadeaux doit enfin
Finir ce jour prospère,
Chante en accents
Innocents
Les vertus, les talents
Qui manquent à son père.
Vive l'élan, etc.

Est-ce vexant
Et crossant,
Dit Lise, il est absent ;
L'ingrat brise ses rênes.
Choisir ce jour,
Grand Dieu, pour
Me ravir son amour,
Son cœur... et mes étrennes!

Vive l'élan, etc.

Ce jour entier
Mon portier
Quitte son air altier,
Sa tendresse s'épanche ;
Il est câlin,
Patelin,
Quand je mets dans sa main
La pièce et qu'elle est blanche.

Vive l'élan, etc.

Mélasse et jus
De verjus
Du prêtre de Bacchus
Est l'offrande ordinaire,
Il dit, faisant
Ce présent,
D'un air satisfaisant :
Buvez, c'est du Madère!

Vive l'élan, etc.

Amis, ici
Faut aussi

Mon souhait ; le voici,
Du moins il est sincère :
Bravant du temps
Les autans,
Puissè-je dans cent ans
Vous fermer la paupière !

Vive l'élan
Du jour de l'an,
En masse
L'on grimace ;
Plus d'une bouche
Impunément,
Très poliment
A tout moment
Ment.

LE FUMEUR.

AIR : *Avez-vous jamais vu la guerre ?*

Narguant tristesse et noirs soucis,
De tout mon esprit se contente,
A quoi bon sert, à mon avis,
Que jour et nuit on se lamente ?
J'agis beaucoup plus prudemment :
Du chagrin, quand vient l'amertume,
Sans me plaindre, tranquillement
Je fume, je fume, je fume.

Lorsque je vois l'homme opulent
Bâiller au sein de l'abondance,

Tandis que l'honnête artisan
Languit et meurt dans l'indigence,
Je me dis : quel ordre inhumain,
Quelle insociale coutume !
Et prenant ma pipe, soudain,
    Je fume, je fume, je fume.

Aux théâtres du boulevard,
Suivant une ancienne méthode,
On proscrit Molière et Regnard,
Le Mélodrame est seul de mode.
A ce spectacle maintenant,
Comme un autre je m'accoutume,
Mais presque toujours, en sortant,
    Je fume, je fume, je fume.

Vivant en franc Épicurien,
Au présent seul rendant les armes,
Pour l'avenir n'amassant rien,
Tous mes jours sont exempts d'allarmes.
Puis à ces passe-temps heureux.
Quand tout mon avoir se consume,
Pipe pleine et le gousset creux,
    Je fume, je fume, je fume.

J'ai fumé quand les ennemis
Sont venus nous rendre visite,
Plus tard je fumai quand je vis
Un Roi franc vendeur d'eau bénite ;
Je fumai jeune, je fume vieux,
Ma pipe à ma bile s'allume ;
En tous les temps, en tous les lieux,
    Je fume, je fume, je fume.

Amis, si ces faibles couplets
Ont le malheur de vous déplaire,
Ne croyez pas que des sifflets
Corrigent l'auteur téméraire.
Je vous le dis de bonne foi,
Rien ne peut arrêter ma plume.
Et quand chacun la blâme, moi
   Je fume, je fume, je fume.

LA FRANCE.

AIR : *Non jamais la fière Pallas.*

Dieu des vers, inspire mes chants
Et guide mon faible génie,
Prête-moi tes mâles accents
Pour chanter ma belle Patrie.
Oiseaux, suspendez vos concerts,
Et vous, ô vents, faites silence,
A ma voix que tout l'univers
Rende hommage et gloire à la France ! (*bis.*)

Salut, ô séjour enchanteur
Du courage et de l'industrie,
Oui, l'art, sur ton sol protecteur,
Près des lauriers reçut la vie.
L'Europe, en subissant tes lois,
Conquérait son indépendance,
Et, sur les palais de ses Rois,
Flottait l'étendard de la France.   (*bis.*)

Lorsqu'après de cruels revers
On vit, de leurs rives lointaines,
Accourir cent peuples divers,
Ligués pour t'accabler de chaînes.
Sur ton sol, en dignes héros,
Tes fils, mourant pour ta défense,
De leur sang tracèrent ces mots :
Étrangers, respectez la France.   (bis.)

La paix, objet de tous les vœux,
Vint enfin essuyer tes larmes,
Et faire, à des temps malheureux
Succéder des jours pleins de charmes.
Malgré les fureurs d'Albion,
Tu vois renaître ta puissance ;
Ne crains riens, grande nation,
Un Dieu protège encor la France !   (bis.)

Athènes, célèbre cité,
La gloire et l'orgueil de la Grèce,
Rayonnante de majesté,
Tu revis en notre Lutèce;
Temple du goût et des talents,
Des neuf sœurs c'est la résidence;
Guerriers, philosophes, savants,
Vous immortalisez la France !   (bis.)

Paris. — Chez l'Auteur, passage Saucède, 28 ;
ET AU DÉPÔT PRINCIPAL, CHEZ PIERRE VINÇARD.
Rue Montmartre, 1 bis.

Typographie et Lithographie de A. APPERT, passage du Caire.

LA
PAILLE ET LA POUTRE.

AIR : *De l'auteur des paroles.*

Par ma foi sur ce monde caustique,
Qui de tout glose à tort, à travers,
Aujourd'hui pour lui faire la nique,
Muse, il faut essayer quelques vers!
Narguons son humeur atrabilaire,
Et, par un vieux dicton populaire,
De sa morgue indiquons-lui l'écueil,
Prouvons-lui, sans y mettre d'orgueil,
Que chacun se gonflant comme une outre
Qu'empliraient cinquante brocs de vin,
Montre une paille à l'œil du voisin,
   Et n'voit pas la poutre; (*bis.*)
Montre une paille à l'œil du voisin,
   Et n'voit pas la poutre
   Qui bouche le sien.

Quoiqu'on dise la bonté peu rare
Et la modestie en plein progrès,
Cependant ici je le déclare,
Je voudrais qu'on les jugeât de près;

Tant de gens aux façons charitables
Sous leurs gants ont des ergots de diables
Puis alors, qu'on leur parle talent,
Ou savoir, ou génie, à l'instant,
Chacun d'eux se gonflant comme une outre,
   Qu'empliraient, etc.

Voulez-vous interroger la foule
De tous nos Fesse-Matthieu bourgeois,
Dont la vie indolente s'écoule
A palper des écus sous leurs doigts ?
Ils vous diront tous que l'avarice
Est le plus épouvantable vice;
A l'un de ces vieux spéculateurs
Plaignez-vous des petits escompteurs,
L'Harpagon se gonflant comme une outre,
   Qu'empliraient, etc.

J'ai pour mien ami, certain ivrogne
Dont le verre, incessant arrosoir,
Rafraîchit les bourgeons d'une trogne
Que les dieux auraient plaisir à voir;
Mais, soit dit sans lui faire un reproche,
Par hasard, quand près de lui j'approche
Et que les feux d'un nectar brûlant,
Font dévier mon pas chancelant,
Mon pochard se gonflant comme une outre,
   Qu'empliraient, etc.

Le commerce est chose fort utile
Grâce à la falsification,

Le vol est de pratique facile,
Et devient une profession ;
Pourtant un jour, et c'est historique,
Devant une épicière boutique,
Un filou chippait quelque pruneau,
Tout-à-coup sortant de son tonneau,
Le marchand se gonflant comme une outre,

    Qu'empliraient, etc.

L'œil est, dit-on, le miroir de l'âme,
Or, chacun avec soin précieux
Doit surveiller celui de sa femme
Comme la prunelle de ses yeux.
Il est plus d'un époux, chose étrange !
Qui le laisse obstruer par la fange,
Et lorsqu'un innocent maladroit
Dans un autre met le bout du doigt,
Mon Dandin se gonflant comme une outre,

    Qu'empliraient, etc,

En trônant sur la vieille Angleterre,
L'égoïsme est en pays natal,
C'est par lui que chaque prolétaire
Prend son rang au-dessous du cheval ;
Ici, plus d'un philanthrope crâne
Nous classe encor au-dessous de l'âne ;
Et pourtant, si l'on ose jamais
Devant lui glorifier l'anglais,
Le pékin se gonflant comme une outre,

    Qu'empliraient, etc.

Vous faut-il un exemple plus grave ?
Naguère, sans craindre les clameurs,

Sucres de canne ou de betterave,
A la chambre avaient leurs protecteurs
En s'amendant quatre fois d'emblée.
Aujourd'hui la candide assemblée,
Quel beau spectacle nous est offert !
Devant l'élu du chemin de fer,
Quatre fois se gonflant comme une outre,

    Qu'empliraient, etc.

Encor un mot pour combler la liste
Et mettre ma chanson dans le sac !
Il me fallait un grand journaliste,
J'ai trouvé *grenier de graine à sac.*
Celui-là seul connaît la science
De tranquilliser la conscience ;
Mais qu'un saltimbanque, un regrattier
Vienne lui reprocher son métier,
Mon Scapin se gonflant comme une outre,

    Qu'empliraient, etc.

Enfin la manie en est unique,
Elle règne et partout, et sur tous ;
Pot-au-feu, morale, politique,
Rien n'est bien que ce qui vient de nous,
Comme un autre ce travers me tente,
Et dans cet instant même où je chante,
Si j'entends quelque bruit de sifflets
Si j'aperçois grimacer vos traits ;

Mon esprit se gonflant comme une outre,
Qu'empliraient cinquante brocs de vin,
Montre une paille à l'œil du voisin

Et n'voit pas la poutre, (bis.)
Montre une paille à l'œil du voisin,
Et n'voit pas la poutre
Qui bouche le mien.

REGRETS ET FOI.

A MARIE.

Toi qui de l'existence
En angoisses, hélas! acquittas le tribut,
Pauvre enfant, tendre fleur, avec notre espérance,
Reçois notre salut.

Vas la pensée
Quoiqu'oppressée
Par la douleur,
De foi s'enivre
Et te fait vivre
Dans notre cœur.

Pauvre Marie,
Enfant chérie,
Si jeune hélas!
Quitter la vie
Aux premiers pas.

O peine amère,
Epouse et mère,

Tomber hélas!
Sur cette terre
Aux premiers pas.
Mais d'un monde à venir, nous avons la croyance,
Oui, nous avons la foi qu'après tant de souffrance,
Quand du corps l'âme enfin s'échappe avec effort,
Du bonheur, ô mon Dieu! l'âme touche le port.

LE
PROLÉTAIRE.

Air : *Aménité, gaîté, fraternité.* (Chanu).

Tout uniment
Franchement,
Brusquement,
C'est la manière
Du prolétaire;
En toute affaire,
En tout lieu, tout instant,
Le prolétaire
Marche tambour battant.

Au hasard jeté sur la terre,
Et quoique malingre et grognon,
Ce brave enfant de la misère
Pousse et croît comme un champignon.
Sur la route de l'existence,
Quand l'héritier de l'opulence

Cloche rampant, et par jets incertains,
Lui va toujours par les plus courts chemins.
          Tout uniment, etc.

Sans protecteurs, sans bien ni rente,
Sans esprit, sans un sou comptant,
Il est heureux, il boit, il chante
Et se croit un être important ;
A son cœur qui toujours le guide
Il lâche saintément la bride,
Et lorsque Dieu, pour le bonheur de tous,
Bat le rappel, il court au rendez-vous.
          Tout uniment, etc.

S'il est un peu gauche en sa forme,
Si de ses gestes, de sa voix,
Le ton n'est pas toujours conforme
Aux civilisatrices lois,
Ses pleurs, son sang, rien ne lui coûte
Quand le monde fait fausse route,
Tombe, perdant tout espoir de salut,
Il le relève et le ramène au but.
          Tout uniment, etc.

Insouciant par habitude,
Aujourd'hui narguant le destin,
Il vit dans la béatitude
Sans s'occuper du lendemain.
Aussi quand un cri de souffrance
S'échappe, bientôt il s'élance,
Il donne et donne, en son noble transport,
Son dernier souffle et son dernier effort.
          Tout uniment, etc.

Sa race nombreuse pullule,
Et pourtant, pauvre ange déçu,
Plus il grandit, plus on l'accule ;
Mais plus il veut être aperçu,
Des mains du maître qui le mène,
Le plat de la balance humaine
Tombe et s'échappe, entraîné par le poids,
Sitôt qu'il l'a touché du bout des doigts.
  Tout uniment, etc.

C'est lui qui donne les couronnes,
C'est lui qui fonde les états,
Qui fait et refait les trônes,
Les héros et les potentats ;
Puis, quand il veut, sa main habile
Pétrissant le bronze et l'argile,
En un clin d'œil, monuments glorieux,
Les prend du sol et vous les lance aux cieux.
  Tout uniment, etc.

Il est pourtant humble, et la foule
Des heureux qu'a fait son grand cœur,
L'insulte, et souvent du pied foule
Les plus doux fruits de son labeur.
Mais alors que la voix chérie
De l'universelle patrie
Aura jeté son cri de liberté,
Il sortira de son obscurité.
  Tout uniment,
  Franchement,
  Brusquement,

C'est la manière
Du prolétaire ;
En toute affaire,
En tout lieu, tout instant,
Le prolétaire
Marche tambour battant.

LES
TOURS DE NOTRE-DAME

Air : *C'est ce qui me console.*

Puisque sur plus d'un monument
On a composé savamment,
  Je sens au fond de l'âme, *(bis.)*
Qu'il faut que j'essaie, en ce jour,
Si je puis chanter à mon tour
  Les tours de Notre-Dame. *(bis.)*

Bon ! va-t-on dire en m'écoutant,
Son sujet prête joliment ;
  Quel nouveau feu l'enflamme ?
Ne croit-il pas, cet avorton,
Nous faire avaler tout du long
  Ses tours de Notre-Dame.

Critiquez-moi, mes chers amis ;
Cependant il est bien permis,
  Sans encourir le blâme,

De tâcher, en modeste auteur,
De s'élever à la hauteur
   Des tours de Notre-Dame.

Trop souvent on voit ici-bas
Des envieux et des ingrats,
   Ourdissant mainte trame ;
Je crains peu leurs vaines clameurs,
Et suis au faîte des grandeurs
   Aux tours de Notre-Dame.

C'est aussi mon panorama :
De Paris on aperçoit là
   Le bizarre amalgame.
Gros financiers, princes, marquis,
Grand Dieu, que vous êtes petits
   Des tours de Notre-Dame.

Quand les alliés réunis
Vinrent aux portes de Paris
   Finir le mélodrame,
N'écoutant plus que ma valeur,
Je courus voir le champ d'honneur....
   Des tours de Notre-Dame.

Que je hais tous ces cerveaux creux
Qui vous disent d'un air piteux :
   « La vie est un vrai drame. »
Plutôt de pousser des hélas !
Qu'ils enjambent du haut en bas
   Les tours de Notre-Dame !

Amis, si ma faible chanson
Obtient votre approbation,
A mon tour je réclame:
Pour récompenser mes travaux,
Qu'on puisse entendre vos bravos
Des tours de Notre-Dame.

TOUT BAS, TOUT BAS !

AIR : *Des Sirènes.*

REFRAIN.

Dans le sentier tortueux de la vie,
O mes amis! cheminons pas à pas;
Loin des travers d'une foule étourdie,
Sachons jouir tout bas, tout bas, tout bas.

N'envions pas une vaine fumée,
Fi des ennuis qu'enfante la grandeur,
Fuis loin de nous, bruyante renommée !
Le grand éclat nuit toujours au bonheur.
    Dans le sentier, etc.

Sous les dehors d'un talent éphémère,
Le faux mérite éblouit tous les yeux ;
Se dérobant aux regards du vulgaire,
Le savoir marche à pas silencieux.
    Dans le sentier, etc.

En rougissant, la naïve innocence
Peut quelquefois avouer son ardeur ;

Mais plus souvent son timide silence
Nous dévoila le secret de son cœur.

    Dans le sentier, etc.

Retiens, retiens ta course vagabonde,
Que poursuis-tu, jeune présomptueux,
Ah! fuis, crois moi, le tourbillon du monde;
Vis ignoré si tu veux être heureux.

    Dans le sentier, etc.

Qu'est devenu ce moderne Alexandre,
Triomphateur de cent peuples divers?
Un léger vent a balayé sa cendre; —
A peine, hélas! pleure-t-on ses revers.

    Dans le sentier, etc.

Fier monument que l'orgueil et l'audace
Pour si longtemps semblaient avoir construit,
Temple, palais, tout paraît et s'efface;
Un jour a vu ce qu'un jour a détruit.

    Dans le sentier, etc.

Riant asile où la simple nature
De notre vie embellit les instans,
Plaisir du cœur, ô jouissance pure!
Sème des fleurs sur la marche du temps!

Dans le sentier tortueux de la vie
O mes amis! cheminons pas à pas;
Loin des travers d'une foule étourdie,
Sachons jouir tout bas, tout bas, tout bas.

Typographie et Lithographie de A. APPERT, passage du Caire, 54.

RAMONS TOUS A BORD.

I

AIR : *du Bravo* (Romagnési).

Peuples cessez vos luttes meurtrières,
Cessez le bruit de vos tristes clameurs :
Contre les coups de nos longues misères,
N'avez-vous donc que la haine et les pleurs.
        Non, non, plus de larmes ;
        Fuyez des alarmes
        Et du bruit des armes
        L'homicide accord.
        La mer est si belle,
        La vague étincelle,
        Et Dieu nous appelle
        Vers un autre bord ;
        Narguons le naufrage,
        Les vents et l'orage,
        Peuple, bon courage,
        Ramons tous à bord,
    Ramons, ramons tous à bord !   (*bis*.)

Allons, partons ! on va hisser la voile,
La brise est fraîche et le ciel radieux ;
Puis, du bonheur, au loin voici l'étoile
Qui va guider nos élans glorieux ;

3

Vite qu'on s'empresse !
Hymnes d'allégresse,
D'amour et d'ivresse
Prenez votre essor !
La mer est si belle, etc.

Oui, tous à bord, ramons de cœurs et d'âmes
Pour l'œuvre sainte en qui tous vont s'unir,
De notre amour les fraternelles flammes
Vont faire aimer nos pensées d'avenir :
Mais que l'heure est lente !
Qui donc de l'attente,
Si longtemps constante
Peut aider l'effort ?
La mer est si belle, etc.

Quittons, quittons cette plage vieillie
Dans l'égoïsme, et la honte et les fers,
Qui de ses fils abandonne la vie
Au despotisme, aux hasards, aux revers :
Laissons abrutie,
Dans son apathie
La terre flétrie
Que berce la mort.
La mer est si belle, etc.

J'appelle, hélas ! espérance éphémère,
Déceptions qui glacent tous mes sens ;
J'appelle en vain, et l'écho solitaire
Seul a redit mes douloureux accents :

Lorsque tout s'apprête
Peuple, en ta retraite,
Mais qui donc arrête
Ton noble transport ?

    La mer est si belle, etc.

Sur nous, le doute a soufflé son haleine,
Ses doigts hideux se crispent dans nos cœurs,
O mes amis ! de sa honteuse chaîne
Brisons, brisons les anneaux corrupteurs ;
    Douce confiance,
    Calme la souffrance,
    Et de l'espérance
    Double le ressort.
      La mer est si belle, etc.

Oui, la voilà cette rive immortelle
Que tant de fois caressa notre amour ;
Lève ton front, famille universelle,
Viens saluer ton fortuné séjour.
    Douce rêverie,
    Pour toi, tant chérie,
    Ma voix attendrie
    Viens redire encor
      La mer est si belle, etc.

Mais, ô bonheur, ô puissance infinie !
Du feu sacré de nos saintes ardeurs,
Mêlons nos rangs, enfants de l'industrie,
Groupons, groupons nos bataillons rameurs.
    A nous les conquêtes,
    La gloire et les fêtes ;

Femmes et poètes
Attendent au port.

La mer est si belle,
La vague étincelle,
Et Dieu nous appelle
Vers un autre bord.
Narguons le naufrage,
Les vents et l'orage,
Peuple, bon courage,
Ramons tous à bord;
Ramons, ramons tous à bord !

LE
PREMIER VENU.

AIR : *C'est qu'il est de l'ancien régime.*

Puisque toujours la chansonnette
Rend le cœur gai, l'esprit content,
Va ton train, que rien ne t'arrête
Ma petite muse, en avant !
Mais quel refrain est à la ronde,
Le plus piquant, le moins connu;
Pourvu qu'il plaise à tout le monde,
Corbleu ! prends le premier venu.   (bis.)

Pour couvrir d'un voile hypocrite
Mille projets ambitieux,
L'intrigant sans nom, sans mérite,
Cherche des chemins tortueux,
Avec franchise, l'homme honnête,
Ayant pour guide sa vertu
Sans que jamais rien l'inquiète,
Prend toujours le premier venu.

Nargue de ce buveur maussade,
Qui, dédaignant tel ou tel vin,
Trouve l'un piquant, l'autre fade;
Des gourmets se dit le plus fin :
Doux nectar, viens remplir mon verre,
Quelque tu sois ou cuit ou cru,
De Bordeaux, Champagne ou Tonnerre,
Moi je bois le premier venu.

Beautés, dont l'âge respectable
Fait fuir l'amour et le plaisir,
Près de vous, amant variable,
La raison me ferait choisir;
Dans mon choix jamais je ne bouge
Avec maint tendron ingénu,
Qu'il soit blond, brun, noir ou bien rouge,
Moi je prends le premier venu.

Qu'au noir temple de Melpomène,
Où l'ennui parfois fait séjour,
S'installe un rimeur phénomène,
A ses accents chacun accourt.

Pour moi, chaque pièce est divine,
Peu m'importe l'auteur, pourvu
Qu'il écrive comme Racine,
Moi je prends le premier venu.

Des neuf sœurs et de la victoire
Pour trouver le joyeux enfant,
Etrangers, bâtards de la gloire
Chez vous on chercherait longtemps ;
Mais dans ton sein, ô belle France !
Où tout est grand, tout est connu ;
Pour fils des arts, de la vaillance,
Moi je prends le premier venu.

LES
TROIS JOURS DE PARIS.

Musique de M. Fourcy.

Honneur aux soldats citoyens,
Du temps, surpassant la vitesse,
En trois jours ils sauvent Lutèce,
Gloire immortelle aux Parisiens !

Salut ô mon pays, salut terre de gloire,
O toi que des tyrans voulaient charger de fers,
Ton réveil valeureux fut un cri de victoire !
De plaisir à ta voix a frémi l'univers.

        Honneur, etc.

Le signal est donné, l'affreuse hypocrisie
Présente en souriant des chaînes ou la mort ;
A ce honteux aspect, l'amour de la patrie
A ranimé des cœurs l'héroïque transport.

       Honneur, etc.

L'airain tonne et mugit, la balle meurtrière
Siffle et couvre nos murs d'un noir manteau de deuil ;
Transfuge d'Albion un monstre sanguinaire,
De Paris va bientôt faire un vaste cercueil.

       Honneur, etc.

Aux armes ! à ce cri de guerre et de vengeance,
Vers le creux des tombeaux précipitant leurs pas,
Vieillards, enfants, conscrits, chacun court et s'élance
Jusqu'aux rangs ennemis, va narguer le trépas.

       Honneur, etc.

Symbole de vertu, le drapeau tricolore
Resplendit au sommet de ce groupe indompté,
Qui remplaçant celui que le bronze dévore,
Arrive, tombe et meurt en criant liberté !

       Honneur, etc.

En avant marchons tous, à la ville, à la ville,
Trois fois prise, trois fois, disent nos conquérants ;
Esclave cède ici ta valeur inutile,
Plus tu sèmes la mort, plus tu grossis nos rangs.

       Honneur, etc.

Plein de rage et d'effroi, la sombre tyrannie
Fuit vers ces murs fameux en bigotes horreurs,

Murs où jadis un roi bourreau de sa patrie,
Des Français fit couler et le sang et les pleurs.
　　　　Honneur, etc.

Mais à tes fiers accents, ô liberté chérie,
Déja nos bataillons comptent des généraux
Bien jeune par les ans, mais vieux par le génie
Et dont les premiers pas sont des faits de héros.
　　　　Honneur, etc.

Il tombe, il tombe enfin ce despotique Louvre,
Rempart improvisé par nos vils oppresseurs ;
Il tombe, et devant eux, ciel quand la porte s'ouvre,
Le vainqueur au vaincu tend ses bras protecteurs.
　　　Honneur aux soldats citoyens,
　　　Du temps surpassant la vitesse
　　　En trois jours ils sauvent Lutèce,
　　　Gloire immortelle aux Parisiens !
　　　　　　　　　Août, 1830.

GUERRE A LA RAISON.

CHANSON BACHIQUE.

AIR : *Tic, tic, toc et tin tin tin.*

Corbleu ! pas d'milieu,
Pour qu'en ce lieu
L'plaisir s'instale,

Faut qu' la raison détale.
   Qui boira rira,
   Se deridera,
Et toujours déraisonnera.

Des ennuis vois-je ici l'ambassade,
Amis quel sombre diapazon.
Votre langage est triste et maussade
On croirait que vous parlez raison.

     Corbleu, etc.

Loin de vous l'eau fade, aigre ou sucrée,
Qui des ans obscurcit la raison,
Que Bacchus, dans sa liqueur sacrée,
Submerge aujourd'hui votre raison.

     Corbleu, etc.

La gaîté, du bonheur à l'empire;
Or suivant cette combinaison
Puisque la raison ne fait pas rire,
Vant toujours mieux rire sans raison.

     Corbleu, etc.

D'amour l'heure sonne, et sa puissance
Va pour ton bonheur, ô ma Lizon,
Faire enfin broncher ton innocence,
Ta fierté, ton cœur et ta raison.

     Corbleu, etc.

Des beaux jours la jeunesse est le gage,
Tout rit, tout plait en cette saison,
Mais puisqu'on ne peut pas à cet âge
Accorder l'amour et la raison.

    Corbleu, etc.

Du plaisir, les instants sont rapides,
Redoutons-en la déclinaison ;
Et puisque ce n'est que sous les rides
Que toujours se niche la raison.

    Corbleu, etc.

Mais pourquoi, bavard insupportable,
Fais-je ici cette péroraison,
Puisque c'est en roulant sous la table
Qu'un buveur doit vaincre la raison.

    Corbleu pas d'milieu
      Pour qu'en ce lieu
       L'plaisir s'instale,
  Faut qu' la raison détale.
     Qui boira rira,
     Se deridera,
Et toujours déraisonnera.

A MONSIEUR WAGNER

RESTAURATEUR DU NIEL EN FRANCE

Et qui venait de recevoir la Croix de la Légion-d'Honneur.

Salut à la gloire nouvelle
Dont les bienfaisantes faveurs,
Au noble cœur qui la recelle,
Ne coûte ni regrets, ni pleurs.
Plus saintes que celle d'Arcole,
L'éclat et radieux et pur
De sa pacifique auréole
Resplendit dans un ciel d'azur.

A l'étude, au talent, à l'art, à l'industrie,
Le siècle accorde enfin des patentes d'honneur,
Et de tout noble élan la commune patrie,
La France, attache un signe au sein du travailleur ;
Auguste et douce récompense
O mon pays que du peuple en émoi
Le cri de la reconnaissance,
En cantiques d'amour, remonte jusqu'a toi.

Salut, etc.

C'est que les tristes coups de nos luttes guerrières
Retentissent encore en échos douloureux,

C'est qu'on ne peut compter de combien de misères
Bellonne fait payer ses élans valeureux,
C'est que sous chaque pas, de sa marche homicide,
          Tel qu'un fléau dévastateur,
Tout s'écroule, s'efface et sur le sol aride,
Rien ne peut s'en garder, pas même l'humble fleur.

En vain, en vain l'épouse, et la fille et la mère
Du cri de leur douleur, fatiguent les échos,
Pour elles plus d'époux, plus de fils, plus de frère,
Un silence de mort répond à leurs sanglots,
Mais partout où la paix inspire le génie,
Ou l'ordre et le travail plantent leurs étendarts,
S'élève un doux concert de suave harmonie
Qu'entonnent à la fois la science et les arts.

          Salut à la gloire nouvelle
          Dont les bienfaisantes faveurs,
          Au noble cœur qui la récelle,
          Ne coûte ni regrets, ni pleurs.
          Plus saintes que celle d'Arcole,
          L'éclat et radieux et pur
          De sa pacifique auréole
          Resplendit dans un ciel d'azur.

                    Salut, etc.